8942.

B.L.

RECUEIL

DE

PORTRAITS

EN

RONDEAUX:

DANS LES QUELS

On reprefente plufieurs Abus fuper-
ftitieux, & quantité de hardies
Innovations

Dans le Culte

DE

L'EGLISE ROMAINE

A CHRISTIANOPOLIS.

A l'ENSEIGNE DE LA VÉRITÉ.
M. D. CC. XXVIII.

PREFACE.

E toutes les diferentes Communions que renferme le Chriftianifme, il n'y en a point qui faffe tant de bruit fur la Perpétuité de fa Foi, & fur fon Infaillibilité, que Celle des Catholiques Romains. Mais affurément ces prétentions font tres mal fondées, puifqu'il n'y a rien de fi contraire à la Difcipline & à la Morale de l'Evangile, que ce que nous voyons croire & pratiquer dans cette Eglife.

On peut avancer & le foûtenir fort aizément, que deux Caractéres la diftinguent de tout ce qui s'appelle Chrétien.

1. L'Efprit d'Erreur & de Superftition s'eft emparé de tous les Papiftes.

2. Celui de Perfécution les anime & régne univerfellement chez Eux.

Une extréme hardieffe de déguifer d'êtendre ou de tronquer certains Paffages de l'Ecriture Sainte, & de

les

PREFACE.

les approprier à leurs Opinions, donne à leurs Docteurs un grand crédit sur l'esprit d'un pauvre Peuple, aveuglé & croupissant dans l'Ignorance. Les Protestants, leur disent-ils, par exemple, sont des Hérétiques obstinés, ils sont sortis d'entre nous il faut avoir pitié d'Eux, les remettre malgré qu'ils en ayent, dans le bon Chemin, dans le Giron de l'Eglise, & comme ce sont des Opiniatres & des Entêtés, il faut par toutes sortes de voyes, les forcer d'entrer. Voila comment ces Messieurs abusent des termes. Est-ce que les deux Disciples firent violence & userent de force, pour contraindre Jes. Chr. de s'arrêter avec eux à Emmaus ? Fût-ce à coups de bâton, que les Serviteurs du Roi firent entrer dans la sale du Festin des noces de son Fils, les Pauvres & les Mendiants ? Mais sans entrer dans cette Dispute si contraire à la Liberté & à la Charité Evangélique, de bonne foi, d'où vient la diference qu'il y a entre les Protestants & les

Pa-

PREFACE.

Papiftes? C'eft que les Premiers n'admettent que ce que la S^{te}. Ecriture ordonne , & les Seconds, Pharifiens de nos jours, y ajoutent les Traditions. De là les Erreurs en foule, véritables fources des violentes Perfécutions qu'ils ne ceffent de nous faire.

Il ne faut pas croire que les Théologiens Proteftants ayent laiffé ces Meffieurs fort tranquilles à l'égard de leur prétendue Infaillibilité & de la Perpetuité de leur Foi. Bien loin de là , on Les a combattus avec tant de force , on a prouvé leurs Erreurs avec tant d'évidence , qu'ils n'ofent plus entrer en Lice contre nous, & s'ils le font , c'eft à leur confufion , ou ils gauchiffent & fe départent de leurs Principes. C'eft ce qu'à fait par exemple, un fameux Evêque dans le Siécle paffé.

On peut fuppofer que les Docteurs Papiftes lifent nos Ouvrages de Controverfe. Mais quoique la Vérité y paroiffe fort clairement, la tromperie des Richeffes & des honneurs du Mon-

PREFACE.

de, qui entraine ces M^rs., les empêche d'avoir la bonne foi de donner gloire à cette Vérité , & ils n'ofent par la même raifon, la laiffer voir au Peuple. On jette ces fortes d'Ouvrages dans quelques recoins de Cabinet, ou même on les fait brûler par le Bourreau. Il faut avoir une bien mince Opinion de fa Caufe, pour apprehender que quelques Livres d'Hérétiques, attirent le fuffrage des Gens qui paroiffent zélés pour leur Croyance. On a un foin tout particulier d'en défendre la Le-cture. Ces Docteurs fçavent que chacun a fon bon fens naturel, & que le fimple Peuple en a peut être autant que le Pape & que tout fon Clergé, & fans doute plus d'équité & de bonne foi. La permiffion qu'on accorderoit à tout le Monde, de lire les Livres fa-crés, nos Ouvrages de Religion, & nos Traités de Controverfes, ouvri-roit bientôt les yeux de ces ignorants Chrètiens, & l'interêt veut que l'on les conduife dans les ténébres.

La Pratique des Proteftants eft bien
con-

contraire à celle là. Leurs Pasteurs en les excitant & en les exhortant de lire L'Ecriture Sainte, ne trouvent nullement mauvais qu'ils lisent les Ouvrages des Cath. Rom. Eloignés de toute crainte à cet égard, ils sont bien aizes que leurs Chrêtiens s'instruisent qu'ils examinent, qu'ils comparent. A la vérité, nos Ouvrages sont fondés sur la Parole de Dieu, c'est leur unique Base. On n'y trouve rien qui ne respire un Caractére de Vérité, de Douceur & de Charité; Rien qui ne fasse voir qu'attachés à la Pureté de l'Evangile, nous écartons de nôtre Foi, tout ce qui pourroit y causer la moindre tache. Qu'il s'en faut que M^{rs}. les Papistes ayent la même conduite ! Leurs Ouvrages sont des Oppositions continuelles à L'Evangile, ils ne les puisent plus que dans les Traditions. Elles sont pour Eux quelque chose de si vénérable, que véritablement l'Esprit de l'Evangile est rejetté. Les Innovations, les Fables, les Legendes des Saints, un grand Aveuglement, voila

PREFACE.

voila leur Chriſtianiſme. Un article de Foi entre Eux, c'eſt qu'il faut croire ce que l'Egliſe croit, & s'en raporter à ſon Curé. Dans quels travers ne donne pas un pauvre Peuple mal conduit & imbu de cette pernitieuſe Maxime !

On a dit en ſecond Lieu, que l'Eſprit de Perſécution anime tous les Romains. L'Hiſtoire des derniers Siécles nous en fourniroit mille & mille preuves. On n'a qu'à la conſulter, on y verra des Maſſacres marqués au coin de la plus furieuſe & de la plus funeſte rage : Des ſupplices les plus affreux : Des Cruautés les plus pouſſées, en un mot une ſi énorme Barbarie, que cela ſeul fait voir de quel l'Eſprit ces cruels Perſécuteurs étoient animés. Ce qui ſe paſſe encore tous les jours dans les Pays Papiſtes, peut en faire ſçavoir aſſez à Ceux qui ne liſent pas volontiers. Cette cruelle Religion n'inſpire que la fureur la plus outrée contre Ceux qui ſe ſont ſeparés d'Elle. Quand on ne veut pas donner tête baiſſée, dans ſes Opinions, Opinions fort contrai-
res

PREFACE.

res à l'Evangile, on eſt pourſuivi, perſécuté, dragonné, empriſonné, échaffaudé, pendu, roüé, ou brûlé. Eſt ce ainſi que Chriſt a fait embraſſer ſa Doctrine, eſt-ce par la violence qu'il à fait recevoir ſon Evangile? De quelle maniere ne réprima t'il pas ſes Diſciples, lorſqu'ils lui firent la propoſition de faire dêcendre le feu du Ciel ſur les Samaritains qui lui refuſoient l'entrée de leur Pays? Nous autres Proteſtants, nous tâchons de ramener les Errants, par de ſolides Arguments tirés des Livres ſacrés. On ne violente, on ne perſécute Perſonne. On ne ſe ſert parmi nous, que de perſuaſions que nous apüions ſur l'exemple & ſur les Précéptes de notre adorable Sauveur. Le Ciel n'eſt pas ſi éloigné de la Terre, que notre Morale & notre Pratique le ſont des Maximes & des Uſages de Meſſieurs les Papiſtes.

Nos Autheurs ont donc écrit, & on écrit encore tous les jours avec toute la ſolidité & l'évidence poſſible, contre

** les

les Erreurs de l'Eglise Romaine. On a prouvé auſſi avec beaucoup de force, que l'Evangile n'inſpire nullement l'Eſprit de Perſécution. Mais malgré l'Evidence, la Solidité, la Force & la Démonſtration même, dont nos Ouvrages ſont remplis, Rome toûjours Rome, erre toûjours & perſécute avec la même violence.

Un reproche au reſte que Meſſieurs les Papiſtes nous font d'abord qu'il paroit quelque Ouvrage contre Eux, c'eſt qu'on rebat, diſent-ils unanimément, ce que l'on a déja rebattu vint fois, cent fois. *L'Etat du Chriſtianiſme en France*, par exemple, qu'a-t'il dit de nouveau? Eh: pourquoi Meſſieurs, leur répondrons nous, gardez-vous les mêmes Erreurs que vos Péres ont enfantées ou adoptées? Pourquoi perſévérez-Vous à ſuivre de vaines Traditions qui ne ſont que des Commandements humains? Pourquoi continuez Vous à étouffer la Vérité ſi clairement enſeignée dans l'Ecriture Sainte?

PREFACE.

te? Pourquoi perſévérez vous dans
vôtre Idolatrie? Pourquoi perſécutez-
vous encore avec un ſi prodigieux a-
charnement? Quittez vos Erreurs
pour ſuivre la Vérité, changez vos
maximes violentes pour agir ſelon les
Loix de la Charité Chrétienne, bien
ſûrement vous ne nous entendrez plus
rebattre les mêmes choſes. A quoi
aboutiſſent au fond tous nos efforts?
Pleins d'une tendreſſe Chrétienne
pour la Souche dont nos Peres ont
été les Branches, & dont nous ſom-
mes les Rejettons, nous tâchons par
nos raiſonnemens Evangéliques, par
nos tendres Conſeils, enfin ſi l'on
veut, par mille & mille répétitions,
de faire reprendre à cette Souche,
l'excellente Nourriture qui lui donna tant d'eclat & de luſtre au com-
mencement du Chriſtianiſme. Telles
ſont nos diſpoſitions à l'égard de
Meſſ.rs les Catholiques Romains.
Quelle Conduite de la Leur ou de la
Nôtre, eſt la plus Chrêtienne & la
** 2   plus

PREFACE.

plus Evangélique? Dieu en jugera.

Peut etre que nos Autheurs ont écrit contre ces Meſſieurs avec trop de ſerieux. On convient qu'ils ont eu de bonnes & de fortes raiſons d'en agir ainſi. Il n'y a rien qui doive être regardé avec tant de retenue & traité avec tant de circonſpection que la Religion Chrêtienne. Rien n'eſt plus grave ni plus reſpectable. Mais en verité, la Religion Papiſte eſt elle la Religion que notre Sauveur a prescrite? Il ſemble que Rome ait pris plaiſir, & que même elle ſe ſoit fait un devoir, de s'en départir. Si elle en garde quelque choſe, Bon Dieu! que ce Peu encore eſt offuſqué! C'eſt cequ'on prétent faire voir dans ce petit Ouvrage. Il a au moins un air de nouveauté qui poura lui donner quelque prix. Il contient des Portraits de quantité d'Innovations, d'Additions, de Retranchements, d'Abbus groſſiers, d'idolatrie, de Superſtitions, de Pauvretés mème, qui inſenſible.

ment

PREFACE.

ment ont détruit la Simplicité Evangélique, pour faire, oferoit-on le dire? une Rapſodie, où l'on ne com-
prend rien. Ces Portraits ſont faits
en Rondeaux peut être affez naïfs au
moins fort fidéles en ce qu'ils repréſen-
tent. Quelques Feuilles volantes que
l'on imprimoit toutes les femaines, il y
a un an ou deux, en donnerent quelques
uns qui ont fourni l'idée de Ceux-ci.
On s'eſt même ſervi de ces premiers,
faits pour le même but. Si ceux qu'on
y ajoute ne font pas dans la derniere
exactitude en qualité de Rondeaux,
la Reffemblance aux Originaux qu'ils
peignent, réparera cequ'ils ont de dé-
fectueux. S'ils ont quelque choſe de
trop piquant, on proteſte que l'on ne
l'a pas fait pour choquer ou pour in-
fulter Meff.rs de l'Eglife Rom. mais
feulement afin que la Vérité les frapp-
pât d'autant mieux , & qu'elle leur
fût plus fenfible.

Comme on a envie d'ajouter dans
la fuite, plufieurs autres Portraits, on
fera

PREFACE.

fera quelque jour une nouvelle Edition, & donnant plus d'ordre que n'a cet Essai, chaque Rondeau, tant Ceux que l'on donne à present, que les derniers, aura son petit Commentaire à la fin de l'Ouvrage avec des Renvois. Ces Remarques seront de la main d'un habile Théologien, qui sans entrer dans de longues Disputes fera voir que ces petites Pieces de Posïe, représentent fort bien leurs Originaux; cequi fait les bons Portraits.

Si Messieurs les Cath. Rom. pouvoient lire ce petit Livre, dégagés des prejugés de l'Education, déchargés du miserable, & pernitieux Joug des Traditions, peut être rendroient ils à Dieu & à ses divins Oracles, cequ'ils leur doivent. S'eveillant comme d'un profond sommeil, durant lequel l'Esprit de Mensonge les a entierement obsedés, ils diroient, Est-il bien possible! Le Voile tomberoit, l'Illusion se dissiperoit, & semblables à cet

Aveugle

PREFACE.

Aveugle qui recouvra la vuë par degrés, ils connôitroient infenfiblement la Vérité. Lui rendant tous fes droits, ils fe dépouilleroient bientôt de leurs erreurs, ils fe déferoient de même de leur Efprit de perfécution, & rentreroient dans les eaux vives de la Parole de Dieu. Quel fujet de joye, quel bonheur ne feroit-ce pas pour toute la Chrêtienté fi elle étoit reünie!

ISAYE

ISAYE II. ⅴ. 8. 9. & 20.

8. *Son Pays a été rempli d'Idoles, ils se sont prosternés devant l'Ouvrage de leurs mains, devant ceque leurs doigts ont fait.*

9. *Et ceux du Commun se sont inclinés, & les Personnes de qualité se sont abaissées, ne leur pardonne point.*

20. *En ce jour là, l'Homme jettera aux Taupes & aux Chauves-souris, les Idoles de son argent & de son or, qu'on lui aura faites pour se prosterner devant elles.*

Rome a beau faire, ses distinctions entre Idoles & Images, Latrie, Hyperdulie & Dulie, ne lui serviront de rien. Il est constant que ses Sectateurs *se prosternent, s'inclinent, s'abaissent devant l'Ouvrage de leurs mains, & devant ceque leurs doits ont fait.* Peuvent ils donc, de bonne foi, se défendre d'être véritablement des Idolatres?

Ah! quand luira ce jour heureux dont il est parlé dans le vf. 20.? Quand Rome jettera-t'elle aux *Taupes* & aux *Chauves-souris* ces misérables objets d'un culte sacrilége & injurieux à Dieu? N'a t'elle pas quelque Ezechias, quelque Prince zélé qui prenne un soin qui seroit sans doute agréable à la Divinité lésée en tant de manieres?

EPI-

EPITRE a L'AUTHEUR
DE CE
RECUEIL.

Que tu fçais bien..... à l'aide d'un Rondeau,
Eclairer, émouvoir, frapper l'efprit en beau !
Jamais Clement Marot, Saint Gelais, ni Voiture
Comme Toi de ces Vers n'ont connu la nature.
Qu'il eft beau ce Projet que ta Mufe a formé !
Qu'il en revient de gloire au Monde Réformé.
Si Rome a fçû toujours dans fon impie audace,
Braver impunément les foudres du Parnaffe,
C'eft que l'on vit toujours nos Poëtes mutins
Contre elle ne lancer que de fougueux Pafquins.
Mais Toi, d'un vol fuivi, Tu franchis tout obftacle,
Et ne t'arrêtant point à quelque vain miracle,
Tu combats Rome entiere, & ton fçavant Ecrit
Fait triompher la Foi que prêcha Jefus Chrît.
Cependant ne crois pas que ta Mufe admirée,
A la gloire de Dieu, de tout temps confacrée,
Dans fa Courfe rapide, exemte de revers,
Inftruife fans peril & Rome & l'Univers.
Non, ne te flattes point d'une fi douce idée,
Jamais Autheur d'éclat n'ût cette deftinée :
Un vil Peuple jaloux de tes fages travaux,
Même au milieu ......, frondera tes Rondeaux.
Oui, craint & refpecté de nos fiers Adverfaires
Tes plus grands Ennemis, ...feront tes Freres.
Mais fans t'embarraffer de leurs malins difcours,
De ton pieux Deffein Tu pourfuivras le Cours.
Puiffes tu, rempliffant ta brillante Carriere,
Aux piés du vrai Jofeph mener l'Egypte entiére.

A U
CATHOLIQUE ROMAIN.

Dans ces Rondeaux on dit que l'Evangile
Est fort changé, qu'à Rome on le mutile.
Romain, Veux-tu, sincére, éxact Censeur,
Les peser, voir s'il est vrai que l'Erreur
Dans ton Eglise ait pris son domicile ?

L'Autheur n'a point, gouverné par la bile,
Formé ces Vers: Mais il voudroit utile,
Pour tes Ecarts t'inspirer de l'horreur
          Dans ces Rondeaux.

Ah ! si sa voix pouvoit, quoi que débile,
Des faux chemins où tu marches tranquile,
Te ramener aux Sentiers du Sauveur,
Quelle seroit sa joye & son bonheur !
C'est là son but : Or excuse son stile
          Dans ces Rondeaux.

QUE
L'EGLISE ROMAINE
contraire à la
CHARITE CHRETIENNE,
Ne se soûtient que par ses *Violences*.

I.

RONDEAU.

De bonne foi, sçais-tu ceque tu fais?
  Non, point du tout, plusieurs Rondeaux
      complets
Vont le prouver, Rome, aux yeux du grand
      Monde :
N'y cherche point de science profonde ,
Mais seulement tes ressemblants Portraits.

Tu rempliras un de mes grands souhaits ,
Par des Rondeaux aux miens simplement faits ,
Si tu veux bien souffrir que l'on réponde
      De bonne Foi.

Les Echaffauds, les Croix & les Gibets
Sont tes Raisons, dont on voit tant d'effets !
Sur ce faux zéle, helas ! qui te seconde ,
Ouvre les yeux, sinon Dieu te confonde ,
Car tu n'es point, & tu ne fus jamais
      De bonne Foi.

A   QUI

QUI

Des PROTESTANTS

ou des

PAPISTES

font les véritables *Chrétiens*.

·2·

RONDEAU.

Le Protestant *se dit seul vrai* Chrétien;
 Son grand Principe *est de n'admétre rien*
S'il n'est fondé sur la Sainte Ecriture,
Elle est pour lui la source *unique & pure*,
Et de sa Foi le solide soûtien.

Mais le Papiste *exalte fort le sien*,
Le dit antique: *Il n'est rien moins qu'ancien*
Répond d'abord d'une voix ferme & sûre,
     Le Protestant.

Ceque je crois, le Pape le croit bien,
Ajoute-t-il, mais.... d'abord le Payen
Dit que Payen est le Pape, il en jure.
Oh! si le Pape est de double figure
Préferons lui, simple dans son maintien,
     Le Protestant.

INCER-

Incertitude
des
PAPISTES
sur le JUGE des
CONTROVERSES.

3
RONDEAU.

Qui doit juger ! Le Pape ou le Concile ?
   Lequel des deux croire en Cas difficile ?
La Question est grande à décider ?
Car des deux l'Un sans doute doit céder,
En se montrant pour l'Autre humble & docile.

Le Romain dit qu'un Pape est imbecile
Dès qu'à ce Corps qui doit être servile,
Il obeit, Lui qui doit commander,
      Qui doit juger.

Mais le Francois au moins autant habile,
Dit que le Pape à ce Corps grand, utile,
Doit se soûmettre & ses Decrets garder.
Jusqu'à present ils n'ont pû s'accorder,
Ni convenir dans leur Guerre civile
      Qui doit juger.

A 2

Que

Que
L'ECRITURE SAINTE
est le seul JUGE
des
CONTROVERSES.

4.
RONDEAU.

QUe vous errez ! Romains, c'est l'Ecriture
 Qui seule doit servir de tablature
Au vrai Chrêtien : seul Centre d'Unité
Elle contient toute la Verité,
Du Protestant Elle est la Source pure.

Ouvrez les yeux, vous verrez je m'assure,
Que vous donnez trop à la Créature :
Qu'en lui croyant tel poids d'authorité
   Que vous errez.

Ceux de Berée évitant l'imposture
Lisoient leur Bible ; & par cette Lecture,
Leur Foi croissoit avec solidité.
La fabuleuse & vaine Antiquité
Est cause hélas ! par sa Doctrine impure
   Que Vous errez.

Que

Que les

VERITES CHRETIENNES

ne doivent se puiser absolument
que dans

L'ECRITURE SAINTE

5.

RONDEAU.

JE le confesse, ouvrant cette Carriere,
Je fais un saut par dessus la Barriere,
Que Rome oppose aux Chrêtiens tous les jours ;
Je veux d'abord éviter ses Détours,
Et remonter à la Source Premiere.

C'est là mon But, traitant cette Matiere,
Je ne prétens que suivre la Lumiere
Que Jesus Christ répand dans ses Discours,
Je le confesse.

Traditions, Authorité pleniere
Antiquités qu'établit Rome altiere,
A qui sans cesse, elle a tout son recours,
Ne sont pour moi qu'un frêle & vain secours ;
La Bible enfin est ma seule Carriere,
Je le confesse.

Que

Que les

TRADITIONS

ont infenfiblement porté le CLERGE'
à interdire la BIBLE aux PEUPLES,
ce qui a fait naître les ERREURS.

6

RONDEAU.

JE le foûtiens encor, c'eſt l'Ecriture
   Qui peut vers Dieu nous mener en droiture;
Vous la laiſſez pour votre Antiquité,
Traditions, Fruits de la Papauté,
Romains, fouvent l'ont miſe à la torture.

Permetez en aux Peuples la Lecture,
Peuples bientôt quittant votre Impoſture,
Se fouſtrairont à votre Authorité,
        Je le foûtiens.

Vous l'expliquez ſi peu d'après Nature,
Qu'on méconnoit dans votre Portraiture
Des Ecrits Saints la vraye Integrité:
Vous étouffez fouvent la Verité,
Souvent du Faux, vous faites la Peinture;
        Je le foûtiens.

Que

QUE
L'ECRITURE SAINTE
n'ordonne que
DEUX SACREMENTS.

7.

RONDEAU.

Sept Sacrements ! Dieu *n'en donna que* deux
  Dans le Desert *à ce* Peuple *fameux*
Qu'il fit guider par Aaron *&* Moyse :
Chrift *n'en donna que* deux *à fon* Eglife,
La Sainte Céne , *& le* Baptême heureux.

Les autres Cinq, *fortis de* Cerveaux *creux,*
Ne font point tels , pour Nous *, & nos* Neveux
N'admettront point , comme de bonne mife,
                    Sept Sacrements.

Rome, *pourquoi les veux-tu fi nombreux ?*
Ne vois-tu pas qu'un penchant dangereux
Te fait rouler de méprife en méprife ?
La Loi, *la* Grace *encore plus précife ,*
N'ordonnent point ainf que tu le veux ,
                    Sept Sacrements.

L'IN-

L'INSTITUTION
de L'EUCHARISTIE démontre
qu'il n'y a point de
TRANSUBSTANTIATION.

8.

RONDEAU.

Certainement, sans passion,
La Transubstantiation,
Que les Papes *ont inventée,*
Par tous les Sens *est contestée*
Dans la Sainte Communion.

On peut dans l'Institution
Prouver que cette opinion,
Par Christ *lui même est démontée*
    Certainement.

Le Pain *reste après l'action*
Du Pain: *du* Sang *l'effusion,*
Par le Vin *est représentée:*
Lorsque la Céne fut fondée,
Christ donna bouble Portion,
    Certainement.

QUE

Que le

RÈFORMÉ

en célébrant la SAINTE CENE,
en fuit l'INSTITUTION,
ce que ne fait pas le

PAPISTE.

9.

RONDEAU.

LE Réformé *raifonne juftement*,
  Si Chrift *dit-il, dans le* Saint Sacrement
Donne du Pain *&* du Vin, *les* fépare,
Par là fans doute au Fidéle *il déclare*
Qu'il donne à Tous, *fon* Corps figurément.

Or du Seigneur Tel *eft le* Réglement,
Le fuivant donc ainfi fidélement,
En ce jamais n'erre ni ne f'égare
            Le Réformé.

Mais le Romain, *lequel* oralement
Croit manger Chrift, *retranche follement*
Une moitié du Mets *que* Chrift *prépare.*
Donc cette Foi *dont le* Romain *fe pare*
Eft fauffe: En tout agit confequenment
            Le Réformé.

B   Preu-

Preuve de la
PREVARICATION
du PAPISTE, prise du hardi RETRANCHEMENT de la COUPE.

10.
RONDEAU.

N'Eſt-il pas vrai, Rome, que l'on blaspheme
Quand on ſoûtient que l'on ſuit Chriſt
Lui même,
Quoi qu'on s'oppoſe à ce Céleſte Roi?
C'eſt ta Pratique, & la Cène fait foi
Que tu combas l'Inſtituteur Suprême.

Prouvons-le ici. Ton monſtrueux Syſteme
Retranche Un ſigne, & ce Dieu qui nous aime,
D'en prendre Deux nous impoſa la Loi,
N'eſt-il pas vrai?

Par les détours de quelque vain Dilemme
Tu ne ſçaurois expliquer ton Probleme.
Ton Attentat doit te remplir d'effroi.
Reprens le Vin, rens-le à Tous, repens Toi.
Le Repentir deſarme une Ire extrême,
N'eſt-il pas vrai?

Que

Que le
PURGATOIRE
des PAPISTES n'eſt point une
DOCTRINE EVAN-
GELIQUE

II.
RONDEAU.

L E Livre Saint *de deux* Lieux *fort divers*
 Parle ſouvent ; L'Un *eſt dans les* Enfers
Lieux de tourments, l'Autre *Séjour de gloire*,
Eſt dans les Cieux : *Selon la* Sainte Hiſtoire,
L'Un *pour les* Bons, l'Autre *eſt pour les* Per-
        vers.

Tous les Humains *de ce vaſte* Univers
Trouveront là des Sceptres *ou des* Fers.
Nous en avons pour Garant peremptoire,
        Le Livre Saint.

Mais plus que Lui, *les* Romains Grands Ex-
        pers !
Veulent encor ſous Terre *ou dans les* Airs,
Que m'importe où ? Fonder leur Purgatoire.
On les défie avec tout leur Grimoire,
De le prouver, ſans tourner de travers
        Le Livre Saint.

Que le

CULTE & L'INVOCATION

des FAUX DIEUX, font paſſés des PAYENS chez les PAPISTES.

12.

RONDEAU.

A Ces faux Dieux , Jupiter, Phébus,
      Mars,
Rome jadis dreſſoit de toutes parts,
Temples fameux: Elle avoit ſes Déeſſes
Qu'elle combloit de dons & de largeſſes,
Tous ſes Sujets ſuivoient leurs Etendars.

Aujourd'hui Rome a les mêmes égards
Pour tous ſes Saints dans l'Univers épars,
Elle les ſert, conſacre ſes Richeſſes
    A ces faux Dieux

Crois-tu donc, Rome, éviter les regards
Du Dieu Jaloux, qui hait tous ces écarts
Où tu te plais? Deiſte, tu le laiſſes
Vain dans les Cieux, pendant que tu t'adreſſes,
Que tu ſoûmets Toi, les Tiens, tes Rempars
    A ces faux Dieux.

Que

Que le **CULTE** des **SAINTS**

jett les

P A P I S T E S

dans d'étranges **PUERILITÉS.**

13.

R O N D E A U.

*C*IEL *quel* Abus, *dans* l'Eglise Romaine!
  *Pleine d'*Erreurs, *elle en a par centaine,*
Le Catalogue *en seroit ennuieux.*
Ouvrez *le* Livre *où* Dieu *parle des* Cieux,
Et vous verrez que la chose est certaine.

Servez Dieu seul, *dit la* Voix Souveraine,
Les Saints *aussi, dit* Rome *toûjours* vaine,
Vénérez les, vers Eux *tournez les yeux,*
    Ciel, *quel* Abus!

*V*ers Saint un Tel, *faites une* Neuvaine;
En invoquant des Cieux *la* Grande Reine,
Et de son Voile *un* Morceau *prétieux,*
Esperez tout, vous Jeunes & *vous* Vieux.
Telle est la Foi de Rome *l'inhumaine,*
    Ciel, *quel* Abus!

B 3   Que

Que malgré toutes les menaces que

DIEU

fait Continuellement dans toute l'E-
CRITURE, contre le service
des IMAGES, ROME
les SERT.

14.

RONDEAU.

IL est certain que toute l'Ecriture
De nos péchés quand Elle nous censure,
Prédit les maux que Dieu ce Dieu Jaloux
A l'Idolatre inflige en son Courroux :
Qu'Elle défend de servir la Peinture.

Mais au méprix du Dieu de la Nature,
Rome idolatre Epines, Croix & Clous.
Qu'elle préfére à Dieu la Créature
   Il est certain.

Voici la Preuve : En tres humble posture,
Devant un Bois sujet à pourriture,
N'a t'on pas vû Benoit treze à genoux,
Dire à Neri, Saint Philippe, aidez-nous.
De Rome ainsi que la Foi soit impure,
   Il est certain.

Que

Que l'exemple du

VEAU D'OR

doit épouvanter les

PAPISTES
à l'egard de leur prodigieuſe
IDOLATRIE.

15.
RONDEAU.

CErtainement Aaron, l'Iſraelite,
   Péché grief firent quand d'Or d'élite
On burina *le* Veau, *qu'on l'étala*
Aux yeux de Tous, & quand on dit Voila
Le Dieu Puiſſant qui nous tira d'Egypte.

Mais ſi leur Foi *chancelle & périclite,*
Si du Veau d'or *ils ordonnent le* Rite,
Nul d'eux ne crut que Dieu *fut ce* Veau *là,*
      Certainement.

Rome, *pourtant vois combien* Dieu *s'irrite,*
Il les punit par une Mort *ſubite:*
Le Culte impur *qui chez* Toi *s'inſtalla,*
Qui tant de Saints *à la longue aſſembla,*
Eſt cent fois pire, & plus de coups mérite
      Certainement.

               Qu'il

Qu'il eſt abſolument contraire à la
FOI, d'invoquer les

S A I N T S

& que le FIDELE ne doit recourir
qu'à

J E S U S C H R I S T.

16.

R O N D E A U.

PRier les Saints ! *Quoi ! peuvent ils m'en-*
tendre ?
Dans les beſoins qui viennent me ſurprendre
Quels bons ſecours pourroit-je eſpérer d'Eux ?
Laiſſant au Ciel ces Eſprits bien heureux,
Chriſt *m'a montré quel chemin je dois prendre.*

Invoque Moi, *dit-il plein d'Amour tendre,*
C'eſt de Moi ſeul *que tu peux tout attendre:*
On te verroit en vain formant des Voeux,
Prier les Saints.

L'Interceſſeur *qui donc peut me défendre,*
Qui Seul *du* Pere *a droit de tout prétendre,*
C'eſt Toi Jeſus, oui, *c'eſt* Toi ſeul *qui peux*
Me ſecourir dans mon Sort onéreux,
Et je ne puis ſans du tout me méprendre,
Prier les Saints.

Que

Que le
PÉCHEUR REPENTANT
ne peut aller qu'à
JESUS CHRIST
qui l'invite tendrement à avoir to^{uc}
son recours à LUI.

17.
RONDEAU.

Venez à Moi, vous tous qui reſſentez
L'accablant poids de vos iniquités,
Et le fardeau des miſéres humaines ;
Je veux dit Chriſt, en ſoûlageant vos peines,
Sur vous répandre en tout temps, mes Bontés.

Invoquez moi dans vos néceſſités,
J'eloignerai de vos Coeurs agités,
Tous les tourmens, les troubles & les gênes,
    Venez à Moi.

Ne courez point aprés des nouveautés,
Apres des Saints par l'Erreur inventés,
Quoi ! pourroient-ils brizer vos juſtes chaines ?
En les ſervant vous aggravez vos peines ;
Pour mettre fin à vos calamités,
    Venez à Moi.

C   Que

Que les premieres
PERSECUTIONS
ont fait naître le MONACHISME
dont les Erreurs & les IMPU-
RETES obligerent nos Pé-
res de travailler à no-
tre Sainte
REFORMATION.
18.
RONDEAU.

Aux premiers Temps, *lors que le* Paganisme
Persécutoit le Saint Christianisme,
Croyants *on vit par les Monts & les Mers,*
Se retirant dans le fond des Deserts,
Tomber dans peu dans le Fénéantisme.

De là sans doute, est sorti plus d'un Schisme:
On vit de là Sourdre le Monachisme,
Contraire en tout par ses Statuts divers,
Aux premiers Temps.

On vit les Uns dans un franc Cagotisme,
D'autres suivoient un vrai Libertinisme,
Tant tous ces Gens étoient Sots ou Pervers:
Mais à la fin leurs Défauts découverts,
On remonta par le Protestantisme,
Aux premiers Temps

C 2   Que

Que le Clergé

& les

COUVENTS

en général, font d'un terrible

LIBERTINAGE.

19.

RONDEAU.

DAns les Couvents dont, Rome tu four-
milles,
Ces Lieux barrés de verroux & de grilles,
Qu'enferme-t'on ? Souvent des Egrillards.
Fripons fouvent au fortir des Billards,
Sont conduits là, pour purger leurs Familles.

A quoi croit-on que penfent ces bons Drilles ?
Peut être à pis qu'à Femelles Gentilles,
C'eft là fouvent l'Us de ces gros Gaillards,
Dans les Couvents.

Ces Gens mitrés par qui, Rome, tu brilles,
Ces Mendiants couverts de leurs Mandilles,
En général font d'effrontés Paillards.
Nones fouvent en proye à ces Caffards,
Avalent plus que des Pâtés d'Anguilles,
Dans les Couvents.

C 2   Que

Que la
CLOTURE
des
FILLES,

les reduit souvent à de grandes
& criminelles extremités.

20.
RONDEAU.

Q Velle misere! une Fille cadette
Chez les Romains, risque après la bavette
D'aller passer ses jours dans un Couvent ;
On l'y conduit contre Marée & Vent,
On l'y renferme, & la voila Nonette.

Elle y grandit, & bientôt la Pauvrette
Sent dans son Sein une flamme secrette
Qui lui fait dire & répeter souvent,
Quelle misere !

Elle y met ordre : Un Moine qu'elle apere,
Par quelque intrigue entre dans sa Chambrette,
A bras ouverts, alors le recevant :
Que s'ensuit il ? Elle enfle en sa Jaquette,
Et pour maigrir prend un fort Dissolvant,
Quelle misere !

Que le CELIBAT du CLERGE'
& des Moines est directement
contraire à

L'ECRITURE SAINTE,

& jette cette espece de Gens dans des
débauches tout à fait criminelles.

21.

RONDEAU.

LE Mariage *honnorable entre* Tous,
   Est dit Saint Paul, *un Etat juste & doux,*
Il loüe ainsi la Couche *sans macule;*
*Il ne veut point que l'*Incontinent *brûle,*
*Il lui permet le chaste Nom d'*Epoux.

Saint Paul *le dit, mais ! est-ce assez pour
   nous,*
Répond le Pape ? *Oh ! qu'il aura de coups,*
Puis qu'il ordonne aux Prêtres *, sans scrupule,*
   : *Le* Mariage.

Craignez, Saint Paul, *le céleste Courroux ;*
Moines, Abbés, *de mes Décrets jaloux,*
Vous Prêtres, Clercs *, plus lascifs que ma* Mule,
A tant prenez Tendrons *sans crainte nulle*
Et, *sans* Contract, *imitez entre Vous,*
   : *Le* Mariage.

Que

Que le FASTE du

P A P E,

& de son CLERGE ne convient point du tout à l'humilité de,

J E S U S C H R I S T.

22.
R O N D E A U.

Quel Paralléle agite mon Cerveau?
Tâchons ici de le mettre en Rondeau;
En le formant gagner ou Croix ou Pile,
Ce n'est mon but, mais ma Muse civile
Pour rien le donne, il est d'un tour nouveau.

Pasquin, dis-moi quel est ce bel Oiseau
Qu'on porte ainsi? Le Saint Pere. Ho ho!
Eh! Christ n'avoit qu'un Anon humble & vile,
     Quel Paralléle!

Et ces Messieurs, pompeux, d'un air si beau,
Mais pleins d'orgueil sous leur rouge Chapeau?
C'est son College ambulant par la Ville.
Eh! Christ n'avoit qu'une Troupe docile,
Gens idiots, Pêcheurs, vivant par l'Eau,
     Quel Paralléle!

Quo

Que la

HIERARCHIE

DE

L'EGLISE ROMAINE

est une pure INNOVATION, dont
les PROTESTANTS ont bien
fait de se séparer.

23

RONDEAU.

CUi bono *ces* Papes *fastueux*,
  Ces Cardinaux, *ces* Evêques *pompeux*,
Moines, Abbés, Nones *&* leur Séquelle ?
Rome, *en ton Sein que fait la* Kirielle
De tes Prélats, *ou* Reclus *si crasseux* ?

Ces vains Statuts, *sortis de* Cerveaux *creux*,
Le Célibat, *les* Régles *& les* Voeux,
Dont l'origine en tout sens est nouvelle,
    Cui bono ?

Nous ne devons non plus que nos Ayeux,
Nous asservir à ces jougs *onéreux*
Dont Christ *jamais n'instruisit le* Fidéle.
Il ne veut rien de tel dant sa Nacelle,
Contraire à Christ, Rome Toi, *tu les veux* !
    Cui bono ?

Sur

Sur la
TAXE
de la
CHANCELERIE
de
ROME.
24.
RONDEAU.

EN *bien payant dans la* Chancélerie
Certaine Taxe, *à* Rome *on vous parie*
De *garantir une* Ame *des* Enfers,
Et *de changer ses chaines & ses fers*
Pour *un bonheur le plus digne d'envie.*

La Conscience *y devient toute unie*;
On *y pardonne &* Meurtre *&* Sodomie,
En *général tous les* Crimes *divers,*
   En bien payant.

Là *l'Or peut tout, & c'est la diablerie,*
Car *un* Pécheur *qui n'a rien, qui mandie,*
De *ces* Marchands, *regardé de travers,*
Voit *sans espoir les* abymes *ouverts,*
Pendant *qu'un* Riche *entre dans l'autre* Vie
   En bien payant.

Que

Sur le
CAREME
que l'on obferve dans
L'EGLISE ROMAINE.

25.

RONDEAU.

Les pauvres Gens que tous ces bons Papiftes!
Dans leur Caréme on voit ces Piétiftes
Etre réduits fans doute au Pain, à l'Eau,
Et les Perdrix, la Volaille & le Veau
Et cétera, font pour les Calviniftes.

Seroit-il vrai que leurs Mets foient fi triftes
Qu'on nous le dit? Eh! mais leurs Cafuiftes
En vrai Poiffon changent même un Oifeau,
    Les pauvres Gens!

Deplus encor tous les bons Janfeniftes,
Leurs grands Amis, les dévots Moliniftes
Ont le Brochet, la Carpe & le Barbeau,
Pâtés d'Anguille, & Truite & Saumoneau,
Le tout au goût des plus francs Salerniftes,
    Les pauvres Gens!

D   CARE-

CARÊME
du véritable
CHRETIEN.

26.

RONDEAU.

TOus Mets font bons quand on s'abstient
    du Vice,
Et que l'on fuit une exacte Justice.
Adorons Dieu, *l'aimant pleins de ferveur;*
Attendons tout de Christ *notre Sauveur;*
De ces devoirs faifons nôtre exercice.

Prions fans ceffe & jamais par caprice,
Le Saint Esprit *de nous être propice,*
Et nous verrons qu'au pénitent Pécheur
       Tous mets font bons.

Poiffon *ou* Chair, *de quoi qu'on fe nourriffe,*
Qu'importe au fond? pourvû que l'on béniffe
Le Dieu Puiffant *qui de* Tout *eft l'Autheur.*
Pour le péché foyons remplis d'horreur,
Sûrs qu'aux Chrêtiens *qui vivent fans malice,*
       Tous mets font bons.

Que

Que le

PAPISME

eſt un

PAGANISME

un peu déguiſé·

27.

RONDEAU.

N'Eſt il pas vrai que ton Culte eſt Payen,
Rome ? Trois Chefs vont le prouver
fort bien.
Ton Eau bénite en tout ſens eſt égale
A cette autre Eau qu'on appelloit Luſtrale ;
Pareilles ſont, il ne s'en manque rien.

Proceſſions que ſuit ton faux Chrêtien,
Viennent chez Toi d'un Peuple fort ancien,
Qui célébroit ſouvent quelque Ambarvale,
N'eſt il pas vrai ?

Penates ût, ton Dévot a le Sien,
Qu'il a nommé ſon Ange ou ſon Gardien,
Qu'en vint façons il fêtoye & régale.
Du Payen donc, n'es-tu pas la Rivale ?
Rome, on te voit ſon Culte & ſon Maintien,
N'eſt il pas vrai ?

Que

Que les
ADDITIONS
faites à la
RELIGION CHRETIENNE
par l'EGLISE ROMAINE, la
défigurent abſolument.

28
RONDEAU.

Que le Ramain ſçait bien l'Addition !
    Des Saints il court à l'Interceſſion,
Il offre à Dieu pour les Morts des Requêtes :
Il établit & chome tant de Fêtes !
Suit Ciérge en main, quelque Proceſſion.

Bien fort ſe fouete apres Confeſſion ;
Qui commanda la Genuflexion
Devant un tas d'Os de Bras ou de Têtes,
        Que le Romain ?

D'une Eau bénite il fait Aſperſion,
Met aux Mourants quelque brimborion
Soit de Cheveux, ſoit d'Ongles de Squélétes.
Quel Chrêtien donc par d'etranges Sornetes
Oſe ajouter à la Religion
        Que le Romain ?

Que

Que ce que les

PAPISTES

ont retranché de la

RELIGION CHRETIENNE,

la rend tout a fait méconnoiſſable.

29.

RONDEAU.

DEpuis longtemps dans certain Protocole
On étudie, & tout bon Papicole
Y prend les Loix de la Souſtraction.
Vin il ſouſtrait dans la Communion,
Il en ſouſtrait juſqu'au nom de Symbole.

Tout Romain prend l'Uſage pour Bouſſole,
Livre ſacré contre, eſt moins qu'une Obole
Il ſ'en ſonſtrait pour la Tradition,
 Depuis longtemps.

Au chaſte Himen, quand la Chair le déſole,
Un Moine en feu ſe ſouſtrait, s'en conſole
Entre les bras d'Annette ou Marion.
Du Culte on a ſouſtrait toute Onction,
On s'eſt ſouſtrait de Dieu pour une Idole
 Depuis longtemps.

Con-

Contre le
SERVICE en LANGAGE
inconnu, & contre la
DIRECTION de l'INTENTION
du
PRETRE dans la CONSECRATION.
30.
RONDEAU.

CHez vous Romains, *quel surprenant Ser-*
vice!
Prêtre, *pourquoi durant ton* Sacrifice,
Parler au Peuple un Langage inconnu ?
Sçait il de quoi tu l'as entretenu ?
Te comprent-il, lors que tu lis l'Office ?

En consacrant, *ton Coeur plein de malice,*
Jetta peut etre un secret Malefice,
Sur ce qu'on croit étre Dieu devenu
Chez vous Romains.

Alors devront tomber au Précipice
Communians *qui croyoient* Dieu propice,
Et qui pour Tel *fut toûjours reconnu.*
Ils se trompoient, Dieu *par toi prévenu,*
Sans hesiter les damne. Quel *caprice !*
Chez vous Romains.

PA-

PARALLELE

de la

VERITABLE & de la FAUSSE

CONFESSION.

31.

RONDEAU.

L E Penitent, qu'un Remords cuisant presse,
   Devant son Dieu s'humiliant sans cesse,
Pleure, gémit des crimes qu'il a faits;
De plus en plus détestant ses forfaits,
Dieu lui fait grace & calme sa détresse.

Mais à son Prêtre un Papiste s'adresse,
De ses péchés comme il veut, se confesse,
Le Prêtre croit remarquer en ses traits,
      Le Penitent.

Alors il gronde, ordonne avec rudesse,
Plusieurs Pater, des Avé, qu'il se fesse,
Que Messe il oye, & dit que les effets
En sentira, mais qu'il payra les frais;
Voila de quoi remettre en allegresse
      Le Penitent.

Con-

Contre le
MERITE
des bonnes Oeuvres.

32.

RONDEAU.

C'Eſt pur Orgueil de croire qu'un Chrêtien
    Qui ſuit le Droit, qui tôûjours agit bien,
Obligera l'Etre Eternel, Immenſe,
A lui donner comme une Redevance,
Ce que par Grace il en obtient de bien.

Poſons le cas que ſa Foi ſon Soûtien,
Soit pure en tout, ne périclite en rien,
S'il fait bien, ſoit ; mais au de là s'il penſe,
      C'eſt pur Orgueil.

Soûtenir donc que ſage en ſon Maintien,
Le Chrêtien peut ſortant de ſon Lien,
Dire il m'eſt dû, C'eſt une Outrecuidance
Qu'il faut laiſſer à l'aveugle Payen,
C'eſt pourtant là de Rome la Croyance,
      C'eſt pur Orgueil.

Sur

Sur la
BULLE
UNIGENITUS.

33.

RONDEAU.

Qu'Unigénit est un Ecrit charmant
   Et bien tourné! Que son Pére Clément
Etoit grand Clerc? Oh! qu'il étoit habile!
Pape jamais Siégeant dans la Grand-Ville,
A-t'il fait voir tant de dicernement?

Quand Christ dit Oui, Clement dit Non,
     vraiment
Qui croire donc? Il faut qu'apparemment
Christ ait moins sçu son divin Evangile
     Qu'Unigénit.

Cent un Propos font voir Dieu sçait comment,
Que l'Esprit Saint pensoit tout autrement
Qu'il n'inspiroit. Oh! Science subtile
De Clément Grand plus que tout un Concile!
Qui fait mieux voir son profond Jugement
     Qu'Unigénit?

E   Sur

Sur
L'ACCEPTATION
de la
BULLE
UNIGENITUS
par le Cardinal de Noailles.

34

RONDEAU.

CE vieux Druide, eh! Quoi! le Cardinal
Vient de changer, dit-on, de Tribunal!
Epouvanté d'une vaine ménace,
Il quite enfin le Chemin de la Grace,
Pour en suivre un d'un Orgueil infernal.

Le Molinisme, Erreur du Quirinal,
Sentiment faux, mais Sentiment banal
Chez les Romains, est celui qu'il embrasse
Ce vieux Druide.

Jusqu'à present le Saint Original
Sur ce Sujet lui servoit de Fanal,
Il s'en départ, & suit une autre Trace.
Il aime l'aize, il se desembarrasse:
Mais que dira dans la Jour Grand, Final
Ce vieux Druide?

Sur

Sur le même

S U J E T.

35.

R O N D E A U.

LE Cardinal *a donc lâché la bride* ;
D'honneurs mondains de plus en plus avide,
Donc à la Grace *il a tourné le dos* !
Du Molinisme *il deviendra* Heros,
Perdant ainsi son invincible Egide.

En lui la Grace *oeuvroit,* l'Erreur *livide*
Ménace, tonne, à cette Voix *perfide*
On voit céder, broncher mal à propos
Le Cardinal.

On le prenoit pour un autre Ariftide,
Mais déformais Tronc *infertile, aride,*
Mille remorts troubleront son repos ;
Haï par tout des vrais ou faux Devots,
Que deviendra l'Archevêque *timide,*
Le Cardinal ?

E 2   JUGE-

JUGEMENT
du
CONCILE PROVINCIAL
D'AMBRUN
contre
MONS^R. L'EVEQUE DE SENEZ.

36.

RONDEAU.

DEdans Ambrun *prend donc fin le Concile*;
Par ses Prélats, *Sçavants d'humeur do-
cile*,
Tout d'une voix Senez *est condanné,*
Sans être ouï: Pourquoi cet Obstiné
Suit-il aussi la Grace *&* l'Evangile ?

Jadis on crut qu'il étoit fort utile
De faire ainsi: Non, *dit un* Pape *habile,*
Sur ce grand Non *il est donc* ordonné
        Dedans Ambrun :

Que de Senez *abandonnant sa* Ville
Aille enterrer à Chaize-Dieu, *sa* Bile
Qui reclamoit contre le Fils Seul *né,*
De Clément *onse :* Oh! Décret *bien donné*!
Que la Foi *trouve un admirable* Azyle
        Dedans Ambrun!

                                        Que

Que les
JANSENISTES
n'agiffant pas felon leurs
PRINCIPES
for la
GRACE EFFICACE,
chacun les méprife.

27.
RONDEAU.

LE Janfenifte *attend tout de la Grace,*
  *Il en releve & l'*Aide *& l'*Efficace,
Il ne peut rien dit-il, fans fon Secours.
Il a raifon de l'exalter toûjours,
De la chercher quoi qu'il dife *ou qu'il* faffe.

Mais s'il le dit c'eft beaucoup par grimace,
Car du Concile *il veut, même d'*Ignace,
Etre approuvé: Double eft dans fes discours,
    Le Janfenifte.

De tout côté cependant on le chaffe,
Concile *ou* Pape *en tout lieu le menace,*
Les Proteftants *déteftent fes détours.*
A Souris chauve *il reffemble en fes tours,*
A droite à gauche en vain vire & tracaffe
    Le Janfenifte.

A

E 3

Le

Le
PROTESTANT
au
JANSENISTE.

38.

RONDEAU.

DOnne la Main : Janseniste à l'Erreur
Arrache Toi, dégage enfin ton Cœur
Du vain pouvoir que prend la Créature ;
Elle n'est rien, tu vois par l'Ecriture,
Que notre Foi dépend du Créateur.

Dans ces Ecrits vois les Droits du Sauveur,
Il peut Lui seul être ton vrai Docteur ;
Sans hésiter à sa Doctrine pure
      Donne la main.

D'un pas égal recherchons sa Faveur,
Sa Grace Seule est tout notre bonheur,
Nous l'invoquons, Seule Elle nous rassure ;
Viens avec Nous, répons à notre ardeur,
Cher Janseniste, abhorrant l'Imposture,
      Donne la main.

A

A Messieurs les

JESUITES.

39.

RONDEAU.

A Vous l'honneur, Solipses ; vos travaux
Méritent place en mes petits Rondeaux.
Je laisse à part votre grand-modestie
Votre Morale en tout sens applanie,
Une autre fois je ferai leurs Tableaux.

Persécuteurs, que vous causez de maux !
Qui plus que vous fait agir les Bourreaux ?
Si Thorn à vû tant triste Tragedie,
       A vous l'honneur.

On là prédit ci-devant dans Pathmos
Que l'on verroit aux temps les plus nouveaux,
Bêtes sortir en grand-cérémonie
D'Abyme creux ; Vous êtes la Megnie
Qui des Enfers est venue en deux sauts,
       A vous l'honneur.

Que

Que les JESUITES ont bien paſſé les

BORNES

que leur

GRAND PATRON LOYOLA

leur avoit preſcrittes.

40.

RONDEAU.

Aux temps paſſés, quand Monſieur Loyola
Fit vos Statuts, Jeſuites, Vous régla,
Il n'en étoit guerre qu'à la bavette
Il, tout au plus, joüoit à la foſſete
Mais on vous vit bientôt loin par de là.

Vous carréſſez tantôt Ctui-ci, Ctui-là,
Dont maints bons Rois s'en ſont trouvez là là.
Pour vous auſſi Paris fut fort honnête
      Aux temps paſſés.

Car dans ſon ſein Piramide étala,
Peur du Pognard fit qu'on la dévala.
Votre Morale eſt tout à fait complette,
Fort propre à tout, qu'elle eſt belle & parfaite!
Mais rien de tel l'Eſprit ne révéla
      Aux temps paſſés

Aux MEMES

Sur le

PECHE PHILOSOPHIQUE.

41.

RONDEAU.

CHez les Chrêtiens, non, c'eſt chez les Je-
    ſuites ,
Qu'on a rendu tous les Péchés licites
S'ils ſont commis ſans qu'on penſe au Seigneur :
Dieu, dans ce Cas ne pourroit ſans rigueur
Punir Payens , Brigands, ni Sodomites.

C'eſt ce qu'ont dit les Peres Dijonites ;
Au Droit de Dieu preſcrivant des Limites,
Ils ont ſemé ce Monſtre de l'Erreur
    Chez les Chrêtiens.

Sous cet Abri, ces ruſés Chatemites,
En répandant leurs Maximes maudites,
A leurs Dévots inſpirent la Fureur,
Portent par tout le Trouble & la Terreur.
Tels ſont les Maux que font ces Hypocrites
    Chez les Chrêtiens.

F   Sur

Sur les

PELERINAGES.

Ce RONDEAU

a raport à Ceux qui traitent du SERVICE des SAINTS, depuis la Page 12 jusqu'à la 17.

42.
RONDEAU.

LE Pélerin *qui court de* Plage *en* Plage,
  *Pour invoquer, même adorer l'*Image
De quelque Saint, *ressemble, selon moi,*
A la Grenoüille *ayant pris pour son* Roi
Un Tronc pourri, *tombé sur le* Rivage.

Là, s'etablit un Grand Pélerinage,
Bientôt s'y rend en grotesque Equipage,
Et fort content s'en retourne chez Soi
  Le Pélerin.

Mais de sa Course *a-t'il quelque* Avantage?
Dieu, *par bricole, attent il notre* Hommage?
Nous le trouvons, Nous *chez* Nous, Toi *chez*
  Toi,
*Il est par tout : Que d'*Histoires *font foi*
Qu'on voit courrir par pur Libertinage
  Le Pélerin?

But

Que les
C O N F E S S E U R S
jettent souvent des
FAMILLES dans L'INDIGENCE,
& commettent d'autres
C R I M E S.

43.

R O N D E A U.

TEl Confesseur s'est souvent emporté
   Contre un Dévot, qui tout épouvanté
Pour l'adoucir déclare qu'il doit être
Son Héritier : Ses Enfants nés, à naître
Seront exclus de son Hérédité.

Mille Procés prouvent la Vérité
De ces Cinq Vers, sans qu'on ait arêté
Les Vols Publics que fait encore en Traitre
      Tel Confesseur.

Elmire voit son Epoux entêté
D'un Imposteur d'un Tartufe effronté,
Pour tel enfin Elle le fait connoître :
Si tout Tartufe étoit ainsi traité,
Bientôt du Monde on verroit disparoître
      Tel Confesseur.

F 2   Sur

Sur la
CROYANCE
des
PAPISTES

44.

RONDEAU.

CE qu'il faut croire, on l'a dit bonnement
Que le Romain tellement quellement
Le croit bien, mais ! Que sa Pratique impure
Mêlant de Dieu les Loix à l'Imposture,
Forme une Foi d'étrange Assortiment !

Concile ou Pape audacieusement
Par ci par là, fait quelque Supplément
Qui change, altére, offusque & défigure
    Ce qu'il faut croire.

Ignore-t'on que l'Esprit hautement
Nous avertit qu'il punit rudement
Quiconque ajoute ou prend à l'Ecriture ?
Si Rome ainsi gâte sa Contexture,
Perisse Rome, ou suive simplement
    Ce qu'il faut croire.

Que

Que pendant fort longtemps on a
demandé en vain la

REFORMATION.

45.

RONDEAU.

Deux ſiecles ſont qu'avec empreſſement
On demandoit certain Redreſſement,
Tant dans le Chef que dans toute l'Egliſe;
Rois, Potentats, & Gens de toute miſe,
Le ſouhaitoient mais inutilement.

Préparatifs on faiſoit, voirement
En plein Concile on parloit preſſanment;
Pontife alors répondoit à ſa guiſe,
Deux ſiecles ſont.

Gens inſpirés ayant montré vraiment
Qu'on eſperoit en vain un changement,
Et que la Choſe étoit toûjours ſurſiſe,
Dirent au Pape adieu ſans compliment
Firent entr'Eux Réforme juſte, exquiſe,
Deux ſiecles ſont.

Qu'il

Qu'il a été d'une nécessité absolue en qualité de CHRETIEN, de préférer nôtre divin

SAUVEUR au PAPE.

46.

RONDEAU.

SAns héfiter, le Pape & fa Séquéle
Tout en riant, traitent de bagatelle,
Si de la Bible un Sens eft détourné;
Mais tout ce qu'a Traditive ordonné,
Eft jufte en tout, & d'ordonnance belle.

Agit-on contre? On eft pis qu'Infidéle,
Tout auffitôt on vous nomme Rebelle,
Parjure, Infame, Hérétique obftiné,
　　　Sans héfiter.

Que faire donc dans une Preffe telle,
Lorfque la Foi periclite, chancelle,
Et qu'on voudroit ne point être damné?
Pape, en tel cas, doit être abandonné,
Pour fuivre en tout la Doctrine Eternelle,
　　　Sans hefiter.

Les

Les Ruisseaux
EMBLEMES
des
CHRETIENS PROTESTANTS.

47.

RONDEAU.

A leur Principe on voit de clairs Ruisseaux
Comme sur l'Or faire couler leurs Eaux :
Bientôt après leur couleur vive change ;
En se mêlant à la Bouë, à la Fange,
L'Impureté roule dans les Canaux.

Quoi de plus pur que les Chrêtiens nou-
veaux ?
Leur Foi brilloit, mais oh ! désordre étrange !
Dans peu de temps ils tournerent le dos
A leur Principe.

L'Eau s'éclaircit sur des Sables plus beaux :
Les Protestants quittant les Cultes faux
Dont Rome a fait un si hideux Mêlange,
Leur Foi s'épure, & de nouveau les range,
Par le moyen des Saints Originaux,
A leur Principe.

PA-

PARALLELE

de la COMMUNION des

PROTESTANTS & des PAPISTES,

que l'on peut rapporter à la suite
de la 10, Page.

48.

RONDEAU.

QUe le Romain *est digne de louange,*
   Ceque Christ *dit , un* Papiste *le change,*
Le contrarie & le tourne autrement :
*Témoin en soit l'*Auguste Sacrement
Où Pain & Vin *deviennent* Corps étrange.

Le Protestant *pour de vrai* Pain *le mange,*
Il boit le Vin, *pendant que sa* Foi *range*
Leurs doux Effets bien plus heureusement
      Que le Romain.

Celui ci *veut exprès prendre le* Change,
Il fait du Corps & *du* Sang *un Mélange,*
Que Christ *à* Tous *offre séparément :*
C'est contredire à Christ *ouvertement !*
Quel Chrêtien *l'ose ainsi du* Tage *au* Gange
      Que le Romain ?

Que

Que la
PERSECUTION
est tout à fait contraire à la
CHARITE EVANGELIQUE.

49.

RONDEAU.

PErsécuter ! *C'est le* Fort *de l'*Erreur.
 En exerçant en tout lieu sa fureur,
Rome *fait voir, sans même qu'elle y pense,*
Que son faux zéle & sa fiere ignorance
Ont accompli ce qu'a dit le Sauveur.

Ce Dieu Puissant, ce Souverain Docteur
Nous a prédit, Que l'Esprit Imposteur
De toutes parts, iroit à toute outrance,
   Persécuter.

Vous mes Amis, *souffrez pleins de douceur,*
Vous obtiendrez, nous dit-il, le bonheur
Que je prépare à la Persévérance;
Et je perdrai dans un Lieu plein d'horreur,
Qui vous osa, plein de tant d'arrogance,
   Persécuter.

C   Que

Que les
PROTESTANTS.

ne perſécutent point, mais qu'ils
ſont au contraire, perſécutés en
tout Lieu par toutes les

PUISSANCES PAPISTES

50.

RONDEAU.

LE Proteſtant *jamais ne perſécute,*
Tout ce qu'il dit ou fait dans la Diſpute,
C'eſt d'avancer de ſolides Raiſons,
Qu'il ſoûtient bien, mais par ſes Pendaiſons,
Rome *finit, ſouvent par là débute.*

A Rome *ici rien de faux on n'impute*;
A Thorn *on vit traiter en Bête brute,*
Et condamner par mille Trahiſons,
       Le Proteſtant.

En Allemagne en France *il eſt en bute,*
En Portugal en Eſpagne *on rebute*
Les vrais Chrêtiens ; *On pille leurs* Maiſons
On pend, *on brûle, au ſortir des* Priſons.
Voila comment chez les Papiſtes *lute*
      Le Proteſtant.

Que

Que les
P A P I S T E S
peuvent vivre en toute liberté, chez les
P R O T E S T A N T S,
& qu'ils n'y font point troublés dans
L'EXERCICE de leur
CULTE.

51.

R O N D E A U.

CHez les Flamans, *au moins* Ceux de Hol-
lande,
D'Eux aux Flandrins *la difference eft grande;*
Chez ces Flamands *& leurs* Unis *vraiment*
Tout Romain *peut vivre & tranquilement*
Sur fon Autel *préfenter fon* Offrande.

Soûmis aux Loix *que le* Pays *commande*
Il peut en paix refpirer librement,
Sans craindre un jour pour fa Foi *qu'on le pende,*
    Chez les Flamands.

Quelques bienfaits que le Ciel *y répande,*
*Sans payer plus que l'*Impôt *ne demande;*
Il en jouït fort pacifiquement.
S'il fe voit loin du feul Gouvernement,
C'eft qu'à bon droit, le Pape *on apprehende*
    Chez les Flamands.

Que

Que la Foi & la MORALE des
PROTESTANTS
font pleines de Cherité, chez les
PAPISTES,
tout le contraire.

52.

RONDEAU.

Ouvre les yeux, Rome, vois ta conduite;
Sa violence en tout Lieu te débruite,
Fort peu Chêtienne eft fans doute ta Foi;
Chrift nous défend de perfécuter, Toi,
Tu prens Dragons & Bourreaux à ta Suite.

Voila ta Foi: La Nôtre mieux conftruite,
Veut que notre Ame à la douceur induite,
Soit charitable, aime Dieu, fur fa Loi
Ouvre les yeux.

De ces Devoirs on l'a toûjours inftruite.
Mais la tienne eft par le Demon féduite,
En troublant tout, rempliffant tout d'effroi,
Tu te prens même à notre divin Roi.
Ah! fur l'état où tu feras réduite,
Ouvre les yeux.

Que

Que les
PAPISTES
qui veulent travailler férieufement à
leur SALUT, doivent fe féparer
de leurs vains
PASTEURS.

53.
RONDEAU.

Vous & vos Fils, *en proye à tant de* Loups,
    Jufques à quand, Romains, *vous perdrez*
      vous
Dans mille Erreurs, Fruits *de leur vain* Genie?
On vous arrache une Gloire *infinie,*
Que Chrift mourant *mérita pour* Nous Tous.

Réfléchiffez fur le jufte Courroux
Du Dieu Vengeur *qui* Terrible & Jaloux
*Viendra punir pour tant d'*Idolâtrie,
      Vous & vos Fils.

Ah! redoutez fa Juftice & fes Coups,
Vous repentant vous verrez qu'Il eft doux,
Chrift *vous appelle, hélas!* Il *vous convie*
A rendre Hommage *à fa* Gloire *trahie;*
Embraffez donc la même Foi *que* Nous,
      Vous & vos Fils.

Que

Que le PAPE étant l'ANTECHRIST,
La FRANCE & l'EUROPE PAPISTE
devroient assembler un CONCILE
LIBRE, quitter l'IMPOSTEUR,
& ne suivre que

JESUS CHRIST.

54.

RONDEAU.

DE l'Antechrist *le* Pape *a* l'Encolure,
  L'Apocalipse *en a fait la Peinture*,
Il l'est sans doute, il ne s'en manque rien:
Il a son Port, *son* Geste, *son* Maintien,
C'est bien lui même, oh! l'énorme Figure!

Ouvre les yeux, France, *vois* l'Imposture
Qui te privant du plus puissant Soûtien,
Te fait errer dans la Foi toute impure
  De l'Antechrist.

Forme un Concile, & *dès son* Ouverture
Fais qu'il soit Libre, & *que les* Gens de bien
Y réglent Tout par la Sainte Ecriture:
Tu briseras ainsi le fort Lien
Qui t'a rendue Esclave *du* Parjure,
    De l'Antechrist,

Invitation férieufe à Meſſieurs les
Catholiques Romains de répondre à ces Rondeaux, &c.

55.

RONDEAU.

SElon *mes vœux prens en main le* Niveau,
Sage Romain; *Viens à chaque* Rondeau
Par tréze Vers répondre ſans Colére;
Sans te montrer en rien Atrabilaire,
Dis tes Raiſons *en* Homme *de* Cerveau.

Pour nous guider, le Vieux *&* le Nouveau
Des Teſtaments, *ſeront nôtre* Flambeau;
Suis Scrupuleux *leur brillante* Lumiere
Selon mes vœux.

Dégage Toi *de ce bourbeux* Ruiſſeau
Qui te trompant, te fait un faux Tableau
Du Proteſtant *que l'*Ecriture éclaire:
Ah! de mes Vers *quel ſeroit le Salaire!*
Si tu r'entrois dans un Chemin *ſi beau,*
Selon mes vœux.

On

On auroit pû ajoûter beaucoup d'autres PORTRAITS, mais on s'ar-
rête en demandant REPON-
SE & bonne GUERRE.

RONDEAU.

Sur Cas pareils *je ferois cent* Portraits
  Formés d'Abus que tous les Papegais
Ont introduits chez Mere Sainte Eglife,
Que la Moitié *préfentement fuffife,*
Raifon *y régne, Elle en a fait les Frais.*

Répondra-t-on? En repouffant *mes* Traits
*Je prie encor qu'on fe ferve d'*Extraits
Pris de la Bible & *feuls de bonne* mife
         Sur Cas pareils.

Seigneurs Romains, *examinez de près,*
Si vous vainquez, je fçaurai tôt après
Vous faire amande honorable *en* chemife,
La Torche *au* poing. *La chofe ainfi promife,*
Pour Vous ouïr, je vais me taire exprès
         Sur Cas pareils.

AU LECTEUR.

N avoit à peine achevé d'imprimer ce qui précéde, & l'on étoit fur le point de publier ce petit Livre, quand le hazard en fit tomber un, d'une affez grande étenduë, entre les mains de l'Autheur. C'eft le *Préfervatif contre la Reunion des Proteftants avec le Siége de Rome, &c.* Il y a déja quelques années que Monfieur Lenfant l'avoit écrit contre Mademoifelle de Béaumont. La lecture de cet Ouvrage, fait avec toute la force que la Vérité en infpire toûjours, fur tout aux Sçavants du prémier Ordre, tel que l'étoit cet excellent Pafteur, a fait naître quelques nouveaux Rondeaux, que l'on a voulu joindre à ceux qui précédent.

Le prémier a été fait indépendenment de cette lecture, & dans le temps que les nouvelles publiques faifoient croire que le Cardinal de Noaïlles alloit être plus Janfenifte que jamais. Quoi qu'il y ait à prefent apparence du contraire, on fait pourtant imprimer cette petite piéce, pour faire voir la difpofition des Proteftants pour les Papiftes & qu'en général, ils ont le caractére dont le

H   Sau-

Sauveur ordonne que le Fidéle foit revêtu,
la Charité, & l'Efprit de prier pour Ceux
que leur font la guerre.

Le Préfervatif a fourni la matiére aux fept
ou huit fuivants. Monfieur Lenfant a fi
bien fait voir la turpitude de Rome dans cet
Ouvrage, dans l'hiftoire de fes Conciles, &
dans tout ce qu'il a écrit fur la Religion,
tant d'autres Autheurs de tous les Pays, de
tous les temps, Proteftants & même Catholiques Romains, ont demontré les Erreurs
du Papifme, avec tant de clarté, qu'il eft
étonnant qu'il y croupiffe encore. Que n'a-
t'on pas dit contre la Meffe & fon prétendu
Sacrifice, contre la Tranfubftantiation, contre le retranchement horrible de la Coupe,
contre les Images, les Pélerinages, les Jeûnes, le Célibat forcé des Eccléfiaftiques, la
vie des Moines & Moineffes, les Proceffions,
les Rogations, l'Eau bénite, la Confeffion
fur le pié où elle eft chez les Papiftes, le
fervice en langue inconnue, les Indulgences,
l'extrême Onction contraire en tout à celle
dont parle l'Apôtre, le Purgatoire, les Lim-
bes, les Prieres pour les Morts, & enfin contre tant d'autres fuperftitieufes Erreurs?
On s'eft épuifé pour faire voir le pernicieux
de toutes ces Innovations dans le Chriftianifme.

Co

Ce font des reproches que l'on renouvelle encore dans ce petit Ouvrage Que Meffieurs les Papiftes nous en faffent, par voye de récrimination, mais auffi bien fondés fur nos égarements contre l'Evangile. On les invite, on les prie même de le faire en Profe ou en Vers, en Rondeaux, en Epigrammes, en Sonnets, ou en Cantates, tout comme il leur plaira. Ils nous trômperont fort, s'ils nous difent quelque chofe de bien penfé & de bien fondé fur nos rébellions contre la Doctrine Evangélique.

Qu'ils donnent liberté de Confcience dès apréfent,

Qu'ils permettent la Lecture de l'Ecriture Sainte en langue connue à tout le Monde,

Qu'ils êteignent les grandes Charges Eccléfiaftiques au profit des Souverains, des Pays & des Pauvres, à la Mort des Poffédants, avant l'année mille fept cents cinquante, toute l'Europe fera Proteftante.

SAINT

SAINT MATTHIEU

CHAP. XV. ℣. 7. 8. 9.

Hypocrites, dit Jesus Christ aux Phari-
siens, Isaye a bien prophétisé de vous,
quand il a dit,

Ce Peuple-ci s'approche de moi de sa bou-
che, & m'honore de ses Lévres, mais
leur Cœur est fort éloigné de moi.
Ils m'honorent en vain, enseignant des
Doctrines, qui ne sont que des comman-
dements d'hommes.

Quelle force d'imagination ne faudroit-il
pas avoir pour s'empêcher d'appliquer ces
Paroles à la pratique des Catholiques Romains ? Jusques à quand demeureront-ils
dans leur aveuglement qui tient assurément
du prodige ?

RETRACTATION

Des RONDEAUX 34 & 35.

57.

RONDEAU.

Au Cardinal que j'attaque en mes Vers,
Que j'ai taxé de marcher de travers,
A mon avis, il faut rendant justice,
De deux Rondeaux composés sans malice,
Me rétracter aux yeux de l'Univers.

Donc de la Grace il aime les doux Fers,
Il la supplie à Cœur, à bras ouverts,
Cela sied bien presqu'au bout de sa lice
                Au Cardinal.

Achéve, Grace, & des Sentiers pervers
Qu'il suit encor, Fais, par tes Dons divers,
Qu'il se détourne enfin du précipice.
Ouvre ses yeux sur d'autres points couverts,
Et sois en tout Favorable & Propice
                Au Cardinal.

H 3   SUR.

SUR

Le PRESERVATIF &c.

58.

RONDEAU.

Le Jugement de la Vierge Beaumont,
Dans ses Ecrits va tout à contre Mont,
Lenfant fort bien le démontre en son Livre.
Oh! quels combats, quelle guerre il lui livre!
Il la poursuit, l'attére, il la confond.

Il faut la Docte & l'on vous en sémond,
Il faut répondre à Lenfant tout du long,
Ou du Defunt approuver, en tout suivre
                    Le Jugement.

Il le puisa dans le Fleuve profond
Des Ecrits Saints; & le sien vous répond
Que de l'erreur vous avez l'esprit ivre.
Lisez la Bible & ferme sur ce Fond,
Redressez-vous pour chrétiennement vivre,
                    Le Jugement.

EX.

EXHORTATION
à ROME à l'occasion
du même LIVRE.

59.

RONDEAU.

Vois tes erreurs dans le Livre sçavant
Contre Beaumont qu'a publié Lenfant;
De cette Fille y paroit la bévuë.
Rome, ta foi fait voir là toute nuë,
Que son appui n'est qu'un sable mouvant.

La Traditive en tout te decevant
Te fait courrir sant cesse après du vent,
Dans ses fatras, qui t'offusquent la vuë,
        Vois tes erreurs.

Notre Foi pure à Dieu nous élevant,
Fuit tes Baals : On t'a prouvé souvent,
Que ta croyance est toute corrompuë,
Que Vérité chez toi n'est plus connuë,
Ouvre les yeux : Enfin les improuvant,
        Vois tes erreurs.

RE-

REFLEXION
sur ROME.

60.

RONDEAU.

Comme Médée, or bien sûre est la chose,
Rome apperçoit le Bien, mais se propose
Le Mal pour but, & marche de travers :
La Vérité, chez elle est à l'envers,
Témoin l'Oublie & sa Métamorphose.

Par la fureur soûtenant cette Cause,
Aux vrais Croyants toûjours elle s'oppose,
Ne se nourrit que de crimes divers,
     Comme Médée.

Par le faux culte aux Peuples qu'elle impose,
Bouleverser, anéantir elle ose
Les sages Loix du Dieu de l'Univers.
Vois, Rome, enfin où l'audace t'expose,
Dans tes forfaits toi-même tu te pers,
     Comme Médée.

RESO-

RESOLUTIONS

qui conviendroient beaucoup aux

SOUVERAINS

CATHOLIQUES ROMAINS.

61.

RONDEAU

En peu de temps, si l'on vouloit m'en croire,
On changeroit en Coupe le Ciboire,
Pour imiter la Céne d'autrefois :
On s'en tiendroit uniquement aux Loix,
Dont notre Bible a transmis la mémoire.

Ce Livre Saint jamais du Purgatoire
Ne nous dit rien, mais sa céleste Voix
Montre un Chemin qui guide vers la Gloire ;
          En peu de temps.

Rome le laisse, & c'est chose notoire,
Qu'elle ne pense à rien qu'au Réféctoire
Dont Paresseux par centaines font choix :
Qu'ils feroient bien les Princes & les Rois
S'ils les chassoient de chaque Territoire,
          En peu de temps.

I   ROME

ROME

A accompli la double *Prophetie* contenue
dans le Chap. IV. de la 1re *Epitre* de
St. *Paul* à *Timothée*.

62.

RONDEAU.

L'Esprit *l'a dit que dans les derniers temps,*
  Des Revoltés, *dans la* Foi *peu conftants,*
En s'attachant à de profanes fables,
Enfeigneroient des Dogmes *condamnables,*
Qu'ils feroient fuivre aux petits comme aux
  grands.

Qu'au Célibat *fans doute à contre-temps,*
Ils réduiroient certains Ordres *de* Gens:
Que ce dût être en des temps lamantables,
          L'Esprit l'a dit.

Qu'ils forceroient de plus tous leurs Clients
De s'abftenir de Viandes *mangeables,*
Dont Dieu *permet l'Ufage à fes* Enfants.
Tu jeûnes, Rome, *& l'Himen tu défens,*
C'eft profeffer les Doctrines *des* Diables,
          L'Esprit l'a dit.

SUR

SUR

la LATRIE, la DULIE

& L'HYPERDULIE dont ROME
se sert, en invoquant DIEU,

la Ste *Vierge* & les *Saints*.

63.

RONDEAU.

L e *pauvre* Peuple, *ah ! dis-moi, je te prie,*
Rome, *sçait-il ceque c'est que* Latrie,
Quand il s'adresse au Grand Dieu Souverain?
Et quand il sert ce qu'a formé la main,
S'en tient-il bien au Culte de Dulie ?

En recourrant à la Vierge Marie,
Est-on bien fixe à cette Hyperdulie
Dont il se peut qu'on instruisit en vain
   Le pauvre Peuple ?

Contre son Dieu *tombant en* félonie,
*Sans peine il va jusqu'à l'*idolatrie,
Et des Enfers *il s'ouvre ainsi le sein.*
Voila comment, Rome, *ton* Culte *impie*
Fera périr avec toi, pour certain,
   Le pauvre Peuple.

Les IMAGES & leurs DEPEN-
DANCES détournent les PA-
PISTES du vrai CULTE
de
D I E U.

64.

RONDEAU.

Avec ferveur Rome sert les Images,
Elle a par tout, ses hauts Lieux, ses
Boccages :
Que de Baals dans ses Saintes & Saints !
En tous Climats, ou proches ou lointains,
Elle a fondé de grands Pélerinages.

Témoin Cologne & ses trois Rois ou Mages,
Cent autres Lieux en cent diverses Plages,
Où court en foule un grand nombre d'Humains,
                        Avec ferveur.

Gens de tout Sexe, & Gens de tous les âges,
Petits & Grands, là même les plus Sages
Des Sectateurs des Pontifes Romains,
Vont adorer des Simulacres vains :
Entre eux & Dieu partageant leurs hommages,
                        Avec ferveur.

RE-

REFLEXION
Sur L'INSENSIBILITE
DE
ROME.

65.

RONDEAU.

C'eſt fort en vain que l'on fait tant d'efforts
  Pour faire voir à Rome tous ſes torts :
Daillé, Jurieu, Lenfant & cent encore
Ont démontré que l'Erreur la devore,
Cette Cangréne a gagné tout ſon Corps.

Qu'avec ardeur, en lui hochant le mords,
Nous l'exhortions à prendre pour Supports
Les Livres Saints d'où le Vrai doit éclore,
    C'eſt fort en vain.

Cette Paillarde eſt ſourde à ſes remords,
Ne cherchant rien qu'à groſſir ſes thréſors,
La Traditive eſt ſeule ſon Phoſphore.
Mille faux Tons compoſent ſes accords :
Qu'on le lui prouve & plus clair que l'Aurore,
    C'eſt fort en vain.

I 3   A

A
MESSIEURS
LES
PLENIPOTENTIAIRES
affemblés à SOISSONS.

66.

RONDEAU.

Même à Soiffons, *où chaque* Ambaffadeur
     Doit de fon Maître *avec force & vigueur,*
Faire valoir & le Droit *& la* Caufe.
Dans treſe Vers à ceque l'on propofe,
Si l'on veut bien attentif faire honneur :

L'Eglife *êtant dans le* Schifme & *l'*Erreur,
On portera les Rois & *l'*Empereur
A convenir d'une certaine Claufe
                Même à Soiffons !

Que Gens fçavants *concourront pleins d'ardeur,*
A rétablir la Loi *de leur* Sauveur,
Que le Démon *à l'héréfie expofe :*
Dans peu le Ciel *feroit, par fa faveur,*
Fleurir la Foi, *par tout, comme une* Rofe,
                Même à Soiffons.

AUX

AUX
SOUVERAINS
DE
L'EUROPE.

67.

RONDEAU.

Les Souverains *de l'Europe tranquile*
Pourroient de droit assembler un Concile,
Pour convenir des Dogmes *de la* Foi.
*De l'*Empereur, *c'est là de tout bon* Roi
Où doit buter la Puissance civile.

Rome *en tel cas, violente, indocile,*
Damneroit *tout, mais sa* foudre & *sa bile*
N'étonnent plus, & *laissent sans effroi*
                    Les Souverains.

S'ils veulent rendre un tel Synode *utile,*
A tout Chrêtien, *dans l'*Ecriture *habile,*
Pour séparer le Bon *du faux* Alloi,
D'y parler libre il faut un sûr octroi.
Ainsi rendroient ses Droits *à l'*Evangile,
                    Les Souverains.

CON-

CONCLUSION.

68.

RONDEAU.

Cela suffit, soixante huit Rondeaux
Offrent ici presqu'autant de tableaux
Des Changements de l'Eglise Romaine ;
Or qu'elle soit toute Idolatre & vaine,
On peut le voir dans ces petits morceaux.

Au grand méprix des Saints Originaux,
Elle leur tourne à chaque instant le dos :
Pour peu qu'on donne à la Raison humaine,
                  Cela suffit.

On va, l'on court de défauts en défauts,
Tête baissée on donne dans le faux ;
C'est ce Penchant, Romains, qui vous entraine,
Fuyez-le enfin, & faits Chrétiens nouveaux,
Ne suivez plus que la Loi Soûveraine,
                  Cela suffit.

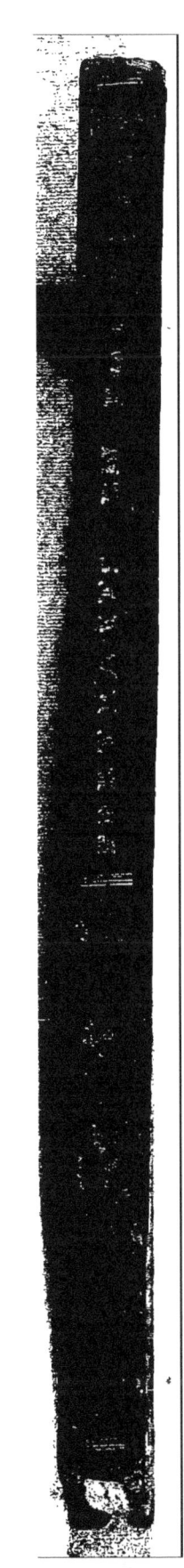

www.ingramcontent.com/pod-product-compliance
Lightning Source LLC
Chambersburg PA
CBHW060435260626
47161CB00005B/1938